Weihnachten 2018

Für Camila

von Anita

Stefan Gruber

's Buzzele isch da!

A glois schwäbischs Weihnachdswundr aus de hendre Stauda

Impressum

Verlag/Herausgeber: HERBA Verlag GmbH
Geschäftsführer: Thomas Sixta
Verlagskoordination: Björn Wilbert und Agnes Baumgartner
                                    redaktion@herba-verlag.de

Eingetragen im Registergericht Augsburg
HRB-Nr. 12274

Langenmantelstraße 14
86153 Augsburg

Redaktion: Stefan Gruber
Illustration: Peter Berens
Gestaltung: Roman Sellherr, HERBA Verlag GmbH

Fr d'Muddr ond de Vaddr,

von deane i vill hab.

Vrgeld's God

Inhalt

Der schwäbische Heiland

Fir a gscheide schwäbischa Bibel missad eigedlich d'Gschichd von dr Geburd Chrischdi umgschrieba weara – so wias in de drei Weihnachtsgschichdla zom lesa isch, dia de vrgangene Joar en dr StadtZeitung erschiena send.

Dass d'Stauda koi „Gott verlassene Gegend" send, drvo erzähld dia Gschichd ibrs Weihnachdswundr en de hendre Stauda. Manche Sacha muass ma endlich richdig schdella: D'Mare war hier drhoim, hod domoals midm Erzengl ibr da heilig Goischd gred ond hod en de Stauda dann en am schebsa Schupfa dr Erlesr zur Weld brochd. Kald war's, vill Schnea isch glea, abr 's Buzzele isch da!

Dr schwäbische Erlesr hod de Eldra vill Vergniga bereid, abr es eane au ned allwei leichd gmachd, erschd reachd ned, wia er greßr wora isch ond so vill gwußd hod, dass eam d'Leid in Schaara nochglaufa send ond zuagherd hend.

I winsch Eich reachd vill Schbass beim Lesa ond i hoff, ihr fahred zukinfdig durch d'Stauda ond luaged noch dem schebsa Schupfa, en deam dr Heiland zur Weld komma isch.

Stefan Gruber

's Buzzele isch da!

Es kam in den Stauden
bei Augsburg zur Welt

A glois schwäbischs Weihnachdswundr aus de hendre Stauda

In dr oina Hand da Gredda mid'm Gmias ond in dr andra a volle Blaschdiggschdaddl isch d'Maria hoimkomma vom Margd, als ra a großer, barfuaßigr Ma in am weißa Nachdhemad dr Weag zom oagneam grea agschdrichna Gardadierle versperrt hod. Es war a Samsdig Ende März, abr scho a Weile her.

„Dr Kuacha isch no it bagga"

„Mare, mr missad schwätza", said er ond god ra ned usm Weag. „Na", hod se gsaid, „i han koi Zeit it, sisch Samsdig ond i muass no wascha, biegla, dr Hof fega und 's Drottwar kehra – hald d'Hausordnung macha, wia's sich fr an guada Schwob gherd. Dr Kuacha fr morga isch au no it bagga. Sonscht befzged dr Seppi da ganze Sundig lang rum."

„Egal", said dr Ma mid de zwoi Fliegel am Buggel – es isch wohl a schwäbischr Engl. Maria hod se breudschlaga lossa ond glei san dia zwoi auf de Stepfela vorm Heisle ghoggad.

„Was isch los?", frogd d'Mare dr Engl. „Du wirsch a Kendle kriaga", moind er. „Irgendwann scho, aber jetzt it", said se. „Von wegen. Im Dezember ischt es so weit", erklärt der Engel hochoffiziell in vermeintlichem Hochdeutsch.

„He, Engl, schwätz koin Bebb it. I bin a ordendlichs, a bravs Mädle. I bin verlobd mid meim Seppi ond hab no nia ned ebbes mit ma Ma ghed ond so solls au bleiba. Midm Seppi god eh nix, der isch immer so miad, wenn'r vom Schaffa ond dr viela Arbet hoim kommd. I bleib Jungfrau, bis i heired. Wia soll des no gau?"

„Da mergsch nix"

„Dir macht das Kendle dr Heilige Goischd, der wird dr Vaddr, da mergsch nix!", beruhigt se dr Engl. „Oh je, was wird da mei Seppi saga, des glaubd mr der doch nia", ischs Lamendo vo dr Maria.

„Gib a Rua, Mare, ond sei schdad! Mei Chef, dr Herrgott, hod di rausgsuachd ond so bleibd's. Du sollschd Muadr vom Erleser weara, ond des mid dr Schwangerschafd, des erklär i dem Seppi scho so lang, bis er's globd. Ond jetzt hersch auf zom Bruddla", said dr Engl ond weg war er.

Es war woar, sie hod nix gmergd ond in de negschde Monat isch es Beichle gwagsa, kugelrund isch se wora ond dr Seppi hod sich ganz liab um sei Maria kümmred ond dia Gschichd midm Heiliga Goischd hod er au glaubd.

Seppi, dr Drialer

Jedzd war da so a oberer Finanzbeamdr in dr bayrischa Landesregierung, der hod Probleme mit dr Schdeir ghed ond koin Iberblick mea ibr seine Schdeirzahlr oder oifach da Ruach. Er wolld nu partu wissa, wia er seine Leit no a weng rupfa kennd ond hod raus gea, dass jedr Ma mid seim Wei in dean Ord geha muass, in dem er ufd Weld komma isch, um sich in a Lischde eizdraga. Dr Seppi hod also von Augschburg in so an gloina Weiler irgedwo in de hendra Stauda naus missa. Lang hods dr Seppi gschoba da naus zfahra, abr jedzd hods dem Drialr bressierd. Hindrm Haisle hod dr Seppi no an Schupfa ghed ond drin isch no a alde verroschdede Veschba gschdanda. Audo hodr sich it leischda kenna, dr arm Ma, 's Gschäft als Zimmerer isch schlecht glaufa in ledschdr Zeit. Ihm isch nix andrs ibrig blieba, als mid dr hochschwangra Maria hinda drauf loszfahra ond z'hoffa, dass es des Fahrzeig bis do naus schaffd.

15

Weil nadirlich do draussa kaum a Übernachdungsmeglichkeid war ond dia baar Zimmer vergebe wared oder koinr dia Hochschwangre hod haba wolla, ham se koi Dach ibrm Kopf ghed fr dia biddrkalde Nachd. D'Maria hod langsam de Kraga voll ghed von dr Suacherei. Miad war se, gfrora hod's es ond a weng ead war se au. Da hod se ihren Seppi agmauled: „Mir duads Kreiz wea ond i megad mi hilega, Ma, mach endlich was!" „Maria, i woiss du bisch miad ond ead, hab biddsche no a weng Drweil, mr finded scho no was", hod dr Seppi geduldig gsaid ond nach am Bänkle zum Ausruha gluaged.

A schebsr Schupfa

Da hod dr Seppi an schebsa Schupfa gsea, bissle weg von dr Schdroß am Waldrand. Wenigschdens Hei war drin ond a baar Babbadeggl zum drauf Schlofa ond Zuadegga – ond a Ox ond a Esel. Kalt wars, koi Holz ond koine Boaza zum Fuir macha hods ghed.

Ond grad in dera Nachd ischs bassiert: Bei dr Maria wars so weit, s'Kindle wold komma. Des nägschd Grangahaus waid weg, mit dr Veschba koi Chance se zom Hibringa, s Handy leer, koi Daxi zom Erreicha ond nadirlich koi Hebamm da. Dr Seppi hod zwar Bluad ond

Mid dr alda Veschba hod dr Seppi sei hochschwangre Mare end Stauda naus gfahra. Ihr konnd's ned schnell gnua geha.

Wassr gschwized, hod abr seim Wei reachd ziddrig beigschdanda, so wias eam hald meglich war, ond Maria hods auch ohne dia Bäridonal-anäschdesie gschaffed. Midda in dr Nachd wars Buzzele da – gloi, sias ond gschria hods – alls isch guad ganga. Dr Ox ond dr Esel ham ganz sche bleed guggad, als se deane d'Fuddrkripp weg gnomma hend, um da Bua neizlega.

Edzd send se a Familie

Nix ghed han dia drei, arme Leit, aber glicklich warns. Edzd warns a Familie. Es war dia wundervolle Nachd vom 24. Dezember, wo 's Buzzele auf d'Weld komma isch – dr Erleser.

Am nägschda Morga dann san a baar Baura aus de Stauda vorbei komma ond wolldns Kendle sea. Angeblich wollns a Erscheinung ghed hen – Engl sollns eane gsaid haba, dass dr Heiland aufd Weld komma sei. A mords Freid hend se ghed ibr dr Erleser.

*Und wer diese schwäbische Geschichte nun nicht verstanden hat,
der kann sie nachlesen in der Bibel in „Mariä Verkündigung" im
Lukas-Evangelium (LK 1,26-38 EU) und der „Weihnachtsgeschichte"
im Lukas-Evangelium 2/1-20, denn vor gut 2000 Jahren ist ähnliches
vorgefallen.*

Weihrauch und Myrrhe

Der mühsame Weg der Heiligen drei Könige in die Stauden

„Do drvo wirsch ned satt"

Ir kennds Eich no erinnra, wia d' hochschwangre Maria ond dr Seppi auf dr Veschba bei am mords Sauweddr ond Schnea ind hendre Stauda nausgfahra send ond se dann in so am schebsa Schupfa ihr Buzzele aufd Weld brochd hod?

D'Maria ond dr Seppi hend mid irem Kendle dia erschde Deg in deam labbriga Holzvrschlag ganz ruhig vrbrochd. Reizoga hod dr Wind durch elle Breddrriza, gfrora hend se wiad Schneidr, abr dr Seppi hod fr Fuirholz ond a bissle Brodzeid gsorged. A bissle gmiadlich hend ses scho ghed, wenns Fuir gloschdred hod. Drweil hod d'Maria s' Buzzele, s'Jesuskendle, gschdilled ond gwiggled.

Mid dr Rua war's bald vorbei

Mid dr Rua war's bald vorbei, denn so viele hends Buzzele sea wolla, Baura, Hirda ond viele Leid send komma, dia do dussa lebed. Au drui seldsame, raagwirdschafdede ond vrrubfde Gschdalda send in deane Deg drussa rumgoischdred. Also dia drui hend sich scho lang vor dr Niedrkumbfd aufn Weag gmached, weil eane irgendwer frzähld hod, dr Heiland, dr Erleser, sodd da auf d'Weld komma, do danna, da wo se a bsondrer Schdera hifiera sodd. Ond sie hends globd, hend Koffr pagged ond send losmarschiered, gridda ond gfahra, von irgendwo hendrm Middlmeer send se los, do henda ausm Oriend odr aus Afrika, dr Kaschbar, dr Melchior ond dr Balthasar.

Dr eu von deana Mandr war scho a weng a Sondrling, isch er doch dadsächlich aufm Kamel drher komma – des warn dann au dia ganz große Schdapfa em Schnea, falls se oinr in den Stauda gsea hed, des war koi Stauda-Yeti, denn den gaids ned. Zom Kamel: Luschd auf dia Reise hods koine ghed, des hod ma gmergd, weil es hod so d'Lädsch na ghenged.

Landkarda hend se blos uralde drbei ghed

Midm Zeld wared se onderweags, gschdridda hend se wiad Rohr-schbadza ond Besabindr ibr da reachde Weag: „Nach rechts", „Nein, links", „Nein, gerade aus über den Hügel geht der Weg, den uns der Stern zeigt." Landkarda hend se blos uralde drbei ghed, dia hod ma heidzdag ja eh nemme. A Navi hend se au kois ghed, als ob se gwussd hend, dass en de hendre Stauda, do wo se grad no Fuchs ond Has guad

24

Nachd saged, eh koi Indrned ned duad. Abr midm Schdera war's scho a weng broblemadisch, ondrdags sigsch eam eh ned am Himml ond obeds wars meischd bewelgd, deswega send die drui ofdmoals em Greis glaufa ond hend sich a paar Moal verirred. Ond au bei deane drui hods ghoißa: „Gang Du vora, du hosch de gresachde Stiefel a."

Kaum a Durchkomma

Und de ledschde Reisadeg hend se nix zom Lacha ghed. Diaf in de Stau-dadäler send se rumgirred, diaf em Schnea send se gschdabfed, so vill Schnea hods herghaued, sagramend, do war kaum a Durchkomma nia ned meglich, ned amoal dr Schneabfluag hods mea gschaffed. Ond vor laudr hohe Beim war au nix mea vom Schdera zom sea. Drweil häded se doch so pingdlich sei wolla zur Geburd vom Jesuskendle am 24. Dezember, ond edzd war scho dr 6. Januar. An zaluggadr Schofhird, der scho beim Buzzele gwea war, hend se dann endlich droffa, der hod eane dann dr Weag zoiged: „Ganged hald do dr Huggl nauf." „Wat het hej segget?", fragte Kaspar. „Irgendwas mit 'gehen' und 'halten'!", meinte Melchior. Balthasar jedoch war nun total konfus und schüttelte irritiert den Kopf: „Sollen wir nun gehen oder anhalten? Ich verstehe die Schwaben einfach nicht!"

„Nach rechts", „Nein, links", „Nein, gerade aus über den Hügel geht der Weg, den uns der Stern zeigt", sind sich die Heiligen drei Könige uneins.

Aber irgedwann hend se dann doch des Hiddale gsea, wo dr Heiland seine ersdchde Deg vrbrochd hod, mit am schwacha Lichdle drin vom Lagrfuir ond ra Funsl.

Also pingdlich zur Niedrkumbfd wared se ned akomma, abr d' Maria war froh dribr, noch dr anschdrengenda Geburt no a baar Deg Rua zom Ausgruba ghabd z'haba. War eh scho gnua Bsuach in de ledschde Deg do.

Kurz vor deam Schupfa hend dia drei dann a Peisle eiglegd ond ausgraschd. Dia vrgammlede Reiseglamodda hend se ra doa, in de Koffr hend se ihr guads Häs drbei ghed ond dann adoa. Edzd hod ma gsea, dass des ned bloß so drhergloffne Lumpa wared, se hend elle drei Grona aufgsedzd, lange edle Gwändr aghed ond send in ihrem guada Gschloif im diafa Schnea bis zur Hidde hochgschdabfed. Dr Schnea ging eane hoch bis zom Fidla.

„Heidanei, Mare, do kommed scho wiedr welche zom Kendle alua-ga", hod dr Seppi sei Maria vorgwarned. „Momend – wer send ui? Wo kommedr denn her?", hod se dr Seppi gfroged, der soddige Leid no nia drvor gsea hed, ond hod sich deane in dr Weag gschdelled – er hod auf sei gloine Familie scho reachd aufbassed.

„Wir sind drei Weise aus dem Morgenland", erklärten sie in gebrochenem Deutsch. Ausgschaud hend se scho a weng gschbassig: D'Schnea- ond Eisglumba sen deane am Gwand ghenged ond bei oim ischd Gron a weng schebs gsessa, vrmudlich war se a bissle zgroß ond verrudsched – vielleichd war se vom Vaddr gerbd.

„Fremde, Reigschmegde odr Zuagroisde"

„Sagglzemend, des ko a jedr saga! Sendr Fremde, Reigschmegde odr Zuagroisde? Was welled ui denn do?", ond dr Seppi hod sich mid seine läbbische Bruschdmuschgla aufbluschdred ond ins Zeig gschmissa, als ob'r dr breudeschde Dirschdeher von Augschburg wär. A weng send die drui Weise scho vrschrogga, wared se doch noch deam aschdrengeda, schdrabaziesa Aneweag miad ond vrfrora.

„Wir wollen den Erlöser sehen"

„Wir wollen den Erlöser sehen", meinten die Könige. „Des wellad elle", hod dr Seppi gsaid ond als se gmoind hend, se hebed au Gschengla drbei, hod dr Schwob em Seppi zom denga anfangd ond se reiglossa ins Hiddele – denn Gschengla send nia schleachd.

Gold, Weihrauch ond Myrrhe hend se drbei ghed ond vorm Buzzele higschdelled, des se ibr alle Bagga angrinsed hod. „Was fir a Zuig dia drherschlepped, wenn's wenigschdens was zom Essa gwea wär", hod dr Seppi dr Maria zuagflischdred ond an a warme Leberkässemml denged. Er hod au brav drzua grinsed.

Dia drei Herra ausm Morgaland hend a mords Freid ghed

„Vom Gold kenn mer ons ja no was kaufa, bloß Schbarkass hod edzd koine mea auf ond deam Dandler em Dorf, ders alde Zahgold koffd, dem drau i ned! Abr was mach mer mit deam andra duira Glomb? Do drvo wirsch ned satt!", said dr Seppi ibr des Graffel zu seim Wei. Ond dia hod dann gmoind, dr Bäckr hod sicher ned gnua Rausgeld en dr Schublad, wenn a Brod drmid kaufsch ond mid am Badza Gold zahla mechdsch.

Abr dia drei Herra ausm Morgaland hend a mords Freid ghed. Nach ra Stund war d'Maria miad, dr Bua isch ead wora, hod gschria, Hungr ghed ond d'Windl war randvoll. Dr Seppi hod dia drui Fremde dann nauskomblemendiered, edzd war deane drui abr au wiedr a weng warm. Am nägschda Dag durfdens nomml komma.

Als dr Schnea langsam gschmolza war, hod dr Seppi sei alde Veschba wiedr rausghold ond sei kloine Familie drmid hoim gfahra, ohne zom Wissa, was no elles Guads, Seldsams ond Schlimms auf se zukomma sodd.

Wias dr Engl gsaid hod

Ond des elles bloß, weil 's Buzzele dr Heiland, dr Erleser isch. D'Maria hod sich no ofd dra erinnred, wia ra dr Engl damoals im Garda gsaid hod: „Des Kendle machd dr da Heilige Goischd, da mergsch nix. Du wirsch dr Erleser auf d'Weld bringa."

Ond so war's ja au, sisch komma, wia's dr Engl soddigs Moal im Gärdle dr Maria brofezeid ghabd hod.

31

Hemmedschidz ond Elleswissr

Pubertäre Jugendjahre des Erlösers

Die Menschen kamen in Scharen, um ihn zu hören

So a kloiner Hemmedschidz schbield barfuaß dussa em Sand, hod dr Hennadregg am Laible vrschmierd ond jagd d'Viechr durch da Hof. Dr Schoglad von dr Nochbere isch em um da Riasel vrschmiered, de Hend bebbig ond dregged, ondr de Fingernägl kosch Radisla schdubfa.

Seit er woiß, fir was dia Schissel em Hof urschbrünglich hod herhalda missa, hogged er bsondrs gern auf deam alda Bodschambr, in deam dr Seppi en dr Fria s'Hennafuadr nei duad. Em Jesus gfälld's hald, wenn d'Henna um an rum scherred, in dr Hoffnung, doch no a Kerale abzgriaga.

„Mama, …, Mama, was isch des? Warum machsch des?"

„Jesus, komm rei, Veschbr giabd's!", ruafd d'Maria in da Hof naus. „Gosch edzd her, glei!", onds Biable lossd widrwillig s'Schbielzeig flagga. Dr Jesus, a Dreikäsehoch, a aufgschdelldr Mausbolla wias em Buach schdod, frech ond dreggad, schdabfd ens Haus nei. Eigadlich war d'Maria ja froh, dass'r draussa gschbieled hod, do war wenigsch-

35

dens a hable Schdund a Rua em Haus, koi „Mama, …, Mama, was isch des? Warum machsch des?" – dr Bua isch hald arg neigierig ond will elles gnau wissa.

„Hosch d'Händ gwesched? Ond d'Fiaß?", frogd Maria. „Noi", said dr Bub ond schiabd a Pfännele, weil eam d'Mama scho widdr schdreng aluaged. Sie woiß ja, dia Frog war umasooschd, er kos no ned alloi. Dr Seppi kommd au von dr Werkschdadd rum, er mog nachmiddags a Gsälzbrod, am liabschda von de oigene Erdbeera ond dr Jesus duads em gleich.

Es war a scheana Zeid

Es war fir dia kloine Familie a scheana Zeid. D'Maria hod da Kloi no em Griff ghed, da Haushald au ond dr Seppi hod gschaffed. Abr umso eldr dr Bua wora isch, umso schwieriger war's fir d'Maria, dr Kloi hod ra a Loch in da Bauch gfroged ond koi Erklärung war eam reachd, jede hod a neie Frog brovoziered.

D'Joar send so ens Land ganga ond dr Bua isch greßer wora. De erschde dunkle Flaum hod ma scho gsea, da wo amoal dr Bard sei sodd undr dr Nos, ond drei lange Hoar am Kinn. Ob dr Hennadregg aus

36

seine erschde Joar Schuld dra hod odr dr Honig, ma woiss es ned.
Fir a Feschd isch de ganz Familie fir a Woch von de erschde Stauda-Huggl hendr dr Werdach, wo se gwohnd hend, end Schdad nei gfahra.

Des mid de Froga hod sich no ned glegd ghed. Dr Seppi hod des ja nia so diregd midgriaged, hod ja de ganze Deg in dr Wergschdadd gschuddled, gsäged, ghobled, gschraubed ond gschmirgled. Abr am Wochaend hod dr Kloi dr Babba mit Froga glechred. An deam erschda Wochaend in dr Schdad isch es em Seppi abr z'bleed wora ond hod d'Maria midm Bua zu de Schdudierde gschigged: „Solled dia eam d'Weld erglära, i kos nemme ond du, Mare, du kosch es au ned."

„I schäm mi so!"

Also hod Maria da middlerweil zwelfjährige Jesus zu de Gelehrde brochd, zu de Schdudierde, de Lehrer. Es war en so am Zendrum, irgedwia wia a Kirch, aber doch ned so. De Schdudierde hend do drin immer so doa, als ob se elles wissed, ond d'Leid hends globed. D'Maria isch midganga. Peinlich isch's ra gwea, was dr Kloi elles von de Gelehrde hed wissa wella, Baugledzle hod se gschdauned, was dr Jesus scho fir Werder gwissed hod. Obeds hod se an de Seppi higjammred:

„I schäm mi so, mid em Bua do hizganga, der frogd dia aus, bis se nix mea zom saga hend ond dann schigged se ons naus, dia Schdudierde". Es war ja ned weid, drum isch dr Bua an de nägschde Deg alloi hi ganga, weil em Zeit lang wora isch, Dag um Dag.

D'Woch war um ond am ledschda Dag hod eam dr Seppi nochbelled: „Bisch abr um dreivierdl Segse do, ond koi Minud schbädr. Ned erschd wenn d' Schdrossaladerna eigschald weared!" Des hod dr Jung nemme gherd, da hädr eh nix drauf gea, dr kloi Revoluzzr, Bessrwissr, Rodzleffl ond Sonnaschein vo dr Familie.

Pfleiderer ond Häberle

Elles hod er dia Woch vo de Schdudierde wissa wella. Dia Schlaue hend nemme reachd gwussd, was midm azfanga ond hend's Weide gsuached. Abghaued send se, weil se koine Andworda mehr ghabd hend. D'Schdoderer hends luschdig gfunda. Ond bald wared dia Leid von dr Schdad mid deam junga Jesus von dussa rei alloi, hend eam Froga gschdelled ond a jedr hod sei Andword griaged. Von de schlaue Schdudierde hod sich koinr mea bligga lossa. Dr Bua war bekannd, immr mea Leid send zu eam komma ond em Seppi ond dr Maria isch

De Schdudierde send bald alloi dogschdanda, weil dr Jesus eane
´s Publikum abschbenschdig machd hod.

es scho a weng oagneam gwea. Abr was willsch macha, gega so a Käpsele, wenn elle zum Bua kommed ond seine Gschichdla ibr d'Weld ond Menscha hera wolled? Wenn dr Pfleiderer ond dr Häberle, d'Arbed liabr flagga hend lossa ond mit Müllers, Maiers ond Schmidts zom Bua ganga send?

Buberdäd

Also am ledschde Dag isch dr Jesus nadierlich ned zur reachda Zeid zrigg komma. Dr Seppi hod befzged ond gweadred, Maria hod gjammred. Dr Seppi hod's auf d' Zuschdänd, Bolidig ond Zeid gschoba ond ibr da schleachde Einfluss vo de Schdudierde auf da friabuberdäre Flegel gschembfd.

Maria hod d'Schuld firs Zschbädkomma bei sich gsuached ond auf ihr Erziehung gschoba: „Mei Seppi, hend mr beim Bua elles falsch gmached?", ond d'Maria hod Rodz ond Wassr bleared. Dr Nochbr hod bloß gmoind: „Send hald junge Buaba, dia send hald so! Des vrgod widdr noch dr Buberdäd!" D'Maria ond dr Seppi hend ghoffed, dass des midm Folga bald widdr besser weard ond er ned no mehr Broblemeond Bledsinn macha duad, abr do hend se elle falsch glega. Dia gmi-

40

adliche Zeid midm kloina, budziga Jesuskendle war scho lang vorbei –
er isch gressr wora ond war bald erwagsa.

Mid dr Zeid hod er a baar Freind ghed, a Dudzend mid deane er sich
dauernd droffa hod. Ibrs Leaba hend se gschwädzd, wo se herkom-
med, wo se higanged. Er isch au reachd schnell erwachsa wora, hod
dr Bard wachsa lossa, damid er äldr ausgugged. Wia des mid de Mädla
war, mei ma woiß es ned so gnau, do isch emmer so a Lena do gwea,
i glaub Magdalena hod se sich gschrieba.

„Kosch ned ebs macha, Bua?
Dr Wei isch aus.“

Bei Feschdla war dr Jesus mid seine Kumpel gern gseha, so in Kanaa
bei ra Hochzeid. D'Leid hend scho vill z'vill drunga ghed ond dr Wei
isch eane ausganga. D'Muaddr Maria war au drbei ond hod eam dann
gfroged, „Kosch ned ebs macha, Bua? Dr Wei isch aus.“ Garschdig hod
er zu ra rabefzged: „Was willsch? I be no ned dra!“ Schbädr soll er no a
baar Liddr Wassr zu Wei gmachd haba. Wia genau? Ma woiß es au ned
wergle. Auf alle Fell hod dr Kichachef gmoind, fr dean guada Drobfa
zom Schluss, hend d'Leid eh scho z'vill gsoffa.

Irgedwann bei ra Versammlung, es kennd am Ammersee gwea sei, isch es Essa fir massig Leid ausganga. Er hod oifach a Brod ond an Fisch gnomma ond hod draus so viele gmached, dass fir elle groichd hod. Er muass zaubred han, wia kosch es sonschd erklära? Vill guads hod er als Ma dua, au fir Behindrede, Lahme ond Arme.

So schdods gschrieba

Abr a uguads End hod's ned midm gnomma – so 32 Joar ald isch er wora. D'Obrigkeid hod eam end Finger griaged, de Schdudierde, dia eam neidisch wared, dass d'Leid eam zuaglosed hend ond ned mea eane. A Revoluzzer, a Aufriarer sei er gwea. Dia hend dr Jesus zom Dood vrurdoild ond ans Greiz nagnagled. Ond deswega isch er dr Erleser, weil er ned kloi beigeba hod, er do drmid ons elle fir elle Zeid von jeadr Schuld erlesd hod – so schdods gschrieba.

Edzd schdandad de Schdudierde alloi da.

A schwäbischs Feschddagsessa

Zum Fest
gehört auch gutes Essen

Schubfnudla mid Sauergraud, Bedele ond Bluadwurschd

Viele Leid undrscheided ja zwischa Windr- ond Sommressa. Sauer-graud weard von de meischde eideidig als Essa fir d'kalde Jahreszeid agsea. Ond au aus Sauergraud kann ma mid selbrgmachde Schubf-nudla a Feschdessa zua Weihnachda macha. Aber Obachd: Selbr-gmachde Schupfnudla macha isch a Schdrofarbed oder Aufobferung fir de liabschde Leid, dia ma hod.

Klar es gibd dia kaufde Arda von Schubfnudla, dia labbrig ond fad en dr Blaschdiggugg eigschweißd san – es roichd scho, wenn ma dia auf de Jahrmärgd ond de Feschdla als „Schupfnudeln mit Sauerkraut" adreed griagd – von deana dischdanzieerd mr ons.

Abr au bei de oinzig wahre Nudla, de selbrgmachde Schubfnudla, gibd's Undrschied: Nemmd ma Rogga- oder Woizamehl? Odr a Mischung aus boide – halbe-halbe?

Grundrezebd von ra schwäbischa Hausfrau

Roggamehl, a baar Oir drzua ond a bissle Wasser, Salz ond a Schuss Eel duad deam Doig guad. Alls zu am feschda, gledziga Doig zamgneda, der nemmr an de Finger bebbd – des mergsch scho wann's bassd! Händ wascha ond Nudla zwischa de Hend rolla ond glei ens Wasser schubfa – so schnell vrkoched dia Nudla ned – odr a bissle gmehld auf am Breddle sammla. Oimoal em Salzwassr aufkocha, abseia ond dann en dr Pfann gsalza em Buddrschmalz abreschda, dia dirfed ruhig a weng Scherre kriaga – ferdig.

Grundrezept

Ma kennd's au schreiba:

500 Gramm Roggenmehl, 3 bis 4 Eier je nach Größe, etwa eine Tasse Wasser, Salz, ein Schuss Öl, Butterschmalz oder Butter zum Anbraten.

Teig zusammenkneten und kalt etwas ruhen lassen. Kleine Teigmengen abzupfen und zwischen den Händen zu kleinen, dünnen Nudeln drehen und ins kochende Wasser „schupfen", einmal aufkochen lassen und herausnehmen. Verzehrfertig sind sie dann, wenn sie anschließend in der Pfanne mit Butter oder Butterschmalz angeröstet werden.

Ibrs Graud kennd ma vill schreiba, ibr's Macha, Schneida, selbr Eischdampfa, Würza… Odr ma machd oifach a Blech-bix auf mid Graud, duad Lorbeer, Wacholdr, Kümml, an Schuss Weißwoi zur Nod Essig ond was ma sonschd no mog drzua, kochd a Bedele mid, lossd's a weng agea, dass es Farb anemmd – guad isch. Bei mir gibd's dann no abrodne Bluadwurschd drzua, als Breggela oder als scheane Scheibla.

Fir d'Feschddag isch's guad, weil es lossd sich vorbereida, d'Nudla onds Graud vor-kochd gar einfriera. Ma muss dann bloß no aufwärma, Nudla ond Bluadwurschd abreschda – ferdig isch mei schwäbischs Feschddagsessa. Ond vor de Nudla gibds a Knedlsubb in re echda Fleischbria ond drnoch an Schogladpudding, abr ned ausm Päggle – mid am Schuss selbr-gmachda Eirlikeer dribr.

De kochde Nudla wered no mit Buddrschmalz in dr Pfann abgreschd.

„Mei isch der schee,
ja so vill schee!"

Einen Schnaps für das
Christbaumloben

Nadierlich hod a jedr da schenschde Grischdbaum von elle, egal ob se schebs, krumm, schiaf, mid zwoi Schbidz odr bloß mid oim send.

Jedr schmiggd sein Baum mit scheene Grischdbaumkugla mit Schderala, Schloifla, Figirla odr gar Lamedda. Ond ned jedr Baum muass an Schbidz kriaga.

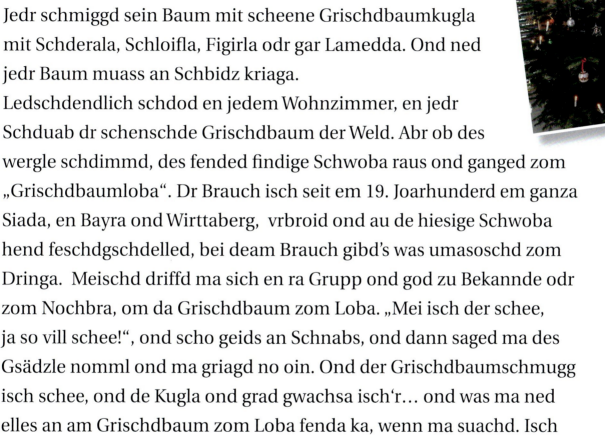

Ledschdendlich schdod en jedem Wohnzimmer, en jedr Schduab dr schenschde Grischdbaum der Weld. Abr ob des wergle schdimmd, des fended findige Schwoba raus ond ganged zom „Grischdbaumloba". Dr Brauch isch seit em 19. Joarhunderd em ganza Siada, en Bayra ond Wirttaberg, vrbroid ond au de hiesige Schwoba hend feschdgschdelled, bei deam Brauch gibd's was umasoschd zom Dringa. Meischd driffd ma sich en ra Grupp ond god zu Bekannde odr zom Nochbra, om da Grischdbaum zom Loba. „Mei isch der schee, ja so vill schee!", ond scho geids an Schnabs, ond dann saged ma des Gsädzle nomml ond ma griagd no oin. Ond der Grischdbaumschmugg isch schee, ond de Kugla ond grad gwachsa isch'r… ond was ma ned elles an am Grischdbaum zom Loba fenda ka, wenn ma suachd. Isch dr Grischdbaum au wergle ned schee, dann ko ma sich da Baum schee saufa. Ond a jeds Moal gibd's an Schnabs ond wenn man no koin Hebfa em Gsichd hod ond no ka, dann god ma zom negschda Grischdbaum, denn au der isch ja so vill schee …

Stefan Gruber, ein Schwabe durch und durch und langjähriger Stadt-Zeitungsredakteur wuchs in Augsburg auf, war viel in den Stauden unterwegs und zog durch die Schwäbischen Lande. Viele hiesige Bräuche und Sitten sind ihm noch geläufig. Er spricht Hochdeutsch, aber nur wenn es sein muss, am Liebsten aber Schwäbisch – und er schreibt es auch. Als bodenständig kann man seine schwäbische Ernährung bezeichnen, die mehr als Maultaschen kennt und an der er seine Leser mitleben lässt. Quell seiner StadtZeitungsglosse „Wortschätzle" sind auch sein „Gärdle", seine Spaziergänge mit dem Hund oder Augenfälliges, Skurriles und Kleinigkeiten aus dem schwäbischen Alltag. Aber auch Spezielles bringt er in schwäbischer Mundart zu Papier, so sinnierte er über ein schwäbisches Weihnachtswunder nach, das mit Christi Geburt in „de hendre Stauda" passiert sein könnte und dass die „Heiligen Drei Könige" dort den Stern gesehen haben, der ihnen den Weg zum Erlöser zeigte, und nicht in Bethlehem.

Der Zeichner

Peter Berens, ein Westfale und dort aufgewachsen, greift hin und wieder gerne zu Tusche, Pinsel und Farbe. Seit langer Zeit lebt er in Berlin und hat auch in Schwaben sein Domizil gefunden. Mit dem Schwäbischen hat er sich angefreundet, versteht mit ein bisschen Nachhilfe die Wortschätzle und hatte viel Spaß dabei, die Kleinigkeiten aus den schwäbischen Weihnachtsgeschichten aufs Papier zu bringen und zu kolorieren, die Vespa, das Kamel und die Heiligen Drei Könige – auch wenn er als Architekt sonst größere Objekte als einen „schebsa Schupfa" für die Stauden entwirft. In seiner westfälischen Mundart kennt er herrliche Ausdrücke, so das „Unnernüffelken", das gleichbedeutend dem schwäbischen „Haunzerle" ist, ein kleines, ganz schwaches Wesen.